چوہوں کی حکومت

(بچوں کا ناول)

مصنف:

عادل رشید

© Taemeer Publications LLC
Chuhon ki Hukumat *(Kids Novel)*
by: Adil Rasheed
Edition: July '2023
Publisher & Printer:
Taemeer Publications LLC (Michigan, USA / Hyderabad, India)

ISBN 978-93-5872-093-8

© تعمیر پبلی کیشنز

کتاب	:	چوہوں کی حکومت (بچوں کا ناول)
مصنف	:	عادل رشید
صنف	:	ادب اطفال
ناشر	:	تعمیر پبلی کیشنز (حیدرآباد، انڈیا)
زیر اہتمام	:	تعمیر ویب ڈیولپمنٹ، حیدرآباد
سالِ اشاعت	:	۲۰۲۳ء
تعداد	:	(پرنٹ آن ڈیمانڈ)
طابع	:	تعمیر پبلی کیشنز، حیدرآباد –۲۴
صفحات	:	۴۲
سرورق ڈیزائن	:	تعمیر ویب ڈیزائن

جاوید میاں کے گھر میں چوہے بہت ہو گئے تھے ۔ اور ان کے گھر کے سب ہی لوگ چوہوں کی اس زیادتی سے پریشان تھے ۔ ان کے آبا نے الماری میں اپنا کوٹ ٹانگا اور چوہے اسے بھی کوئی کھانے کی چیز سمجھ کر کتر گئے ۔ میز پر جو رکھ کر ان کی عینک گرادی اور اس کا شیشہ ٹوٹ گیا ۔ جاوید میاں کے آبا کو کتابوں کا بہت شوق تھا ۔ وہ ہمیشہ نئی نئی کتابیں خریدتے تھے ۔ اور تو اور جاوید کے دادا کے وقت کی بھی بہت سی قلمی اور نایاب کتابیں ان کے گھر میں محفوظ چلی آرہی تھیں ۔ اور جاوید میاں کے آبا کو یہ کتابیں اپنی جان سے بھی زیادہ عزیز تھیں ۔

ایک دن جاوید میاں کے ابا نے جب کتابوں کی الماری کھول کر دیکھی ۔ تو مارے رنج اور غصتے کے ان کا بُرا حال ہو گیا ۔ اور وہ بے چارے اپنا سر پیٹ کر بیٹھ گئے ۔ الماری کے اندر کٹے پھٹے کاغذوں کا ایک ڈھیر لگا ہوا تھا ۔

بات دراصل یہ تھی کہ ان کے گھر کے چوہوں نے الماری کے پچھلے حصتے کو اپنے تیز دانتوں سے کاٹ کر الماری کے اندر اپنا گھر بنا لیا تھا ۔ اور اپنے بال بچوں سمیت بڑے اطمینان سے رہتے تھے ۔ انہیں شاید گھر کے کسی اور حصے میں اپنے بچوں کی پرورش کے لئے اس سے بہتر جگہ نہیں مل سکی تھی ۔ اور ایک حساب سے یہ بات ٹھیک ہی تو تھی ۔ الماری کے اندر انہیں کسی قسم کا کوئی خطرہ نہیں تھا ؛ نہ سیلن تھی اور نہ کسی اور چیز کا ڈر تھا ۔ اُن کے بچے پُرانے زمانے کی قیمتی کتابوں پر کھیلیں اور اپنے بچوں کے کھیلنے کے لئے چوہوں نے کاٹ کاٹ کر کاغذ کے مہین ڈھیر لگا دیئے تھے تاکہ ان کے بچے بڑی آسانی کے ساتھ ان میں آنکھ مچولی کھیل سکیں ۔

سلمہ کی دوات کی سیاہی وہ روز الٹ دیتے تھے اور روزانہ سلمہ کی کتابیں اور کاپیاں خراب ہوتی تھیں اور جاوید کی معصوم بہن سلمہ روز اپنا منہ پیٹ کر رہ جاتی تھی ۔

اور جاوید کی امّی کا تو ان چوہوں کے مارے سب سے زیادہ ناطقہ بند تھا ۔ باورچی خانے کی کوئی چیز ان سے محفوظ نہ تھی ۔ بیٹی کے قیمتی قیمتی برتنوں کو توڑ کر وہ گویا جل ترنگ سنتے تھے اور روز صبح جاوید کی امّی اپنا سر پیٹ پیٹ لیتی تھیں ۔ غرضکہ سارا گھر چوہوں کی ان زیادتیوں سے نالاں اور پریشان تھا ۔ آخر ایک دن گھر والوں کو چوہوں کی ان زیادتیوں پر غصہ آگیا ۔ اور ان کے خلاف مہم شروع ہوگئی ۔

جاوید میاں اپنے دوست کے گھر سے موٹی سی بلی پکڑ لائے تاکہ خالہ اپنے شریر بھانجوں کے کان کھینچ سکے ۔ جاوید میاں کے آبائی گھر کے کونے کونے میں زہریلی گولیاں بچھا دیں ۔ اور سلمہ نے بازار سے چوہوں کے لئے تار کا ایک خوب صورت جیل خانہ بنوا کر اپنے کمرے

میں رکھ دیا ۔اور جاوید کی امّی نے گھر کے کونے کونے میں اُن کے لیے حسین پھانسیاں گاڑ دیں ۔

اور چوہوں کے خلاف یہ کاروائیاں کر کے یہ لوگ نتیجے کا انتظار کرنے لگے ۔ بھولے بھالے اور معصوم چوہوں کو اور ان کے ننھے ننھے بچوں کو بالکل معلوم نہ ہو سکا کہ اُن کے خلاف گھر کے کرنے کونے میں سازشوں کے جال بچھا دیے گئے ہیں ۔ وہ اسی طرح آزادانہ ہنستے کھیلتے اور دوڑتے بھاگتے رہے اور اس کا نتیجہ جو ہونے والا تھا وہ ظاہر تھا ۔ بڑی تیزی کے ساتھ جانیں ضائع ہونے لگیں اور گھر کا کونہ کونہ مقتل بن گیا ۔ گھر والوں کے ایک ایک ممبر کی گردن پر دو دو اور چار چار چوہوں کا خون ہو گیا ۔ اور اِدھر بلی خالہ نے بھی نہ صرف یہ کہ اپنے بچاجوں کی زیادتیوں پر اُن کے کان کھینچے بلکہ ان میں سے کئی ایک کو زندہ ہڑپ بھی کر گئیں ۔

اور یہ نئی کروٹ غریب چوہوں کے لیے ایک قیامت بن گئی ۔ کوئی خاندان ایسا نہ بچا جو اپنے کسی نہ کسی عزیز کا ماتم نہ کر رہا ہو ۔ چل کو دوں نے

دعوتیں اڑائیں اور وہ خون کے گھونٹ پی پی کر رہ گئے ۔ مارے خوف کے ان کا باہر آنا جانا بند ہوگیا ۔ اور وہ بھوک کے مرنے لگے ۔

اور اب نتیجہ صاف ظاہر تھا ۔ مفلسی ، بھوک اور فاقہ ۔ ان میں اتنی جرأت بھی باقی نہ رہ گئی تھی کہ وہ ایک دوسرے سے مل جل کر اس آنے والی قیامت کے بارے میں بات چیت بھی کر سکیں ۔ جو جہاں تھا وہیں سہما سمٹا بیٹھا تھا ۔ اور زندہ رہ کر بھی انہیں اپنی موت صاف نظر آ رہی تھی ۔ بچے بلک رہے تھے اور ان کی مائیں ممتا کے باوجود اپنے بچوں کو کچھ نہیں دے سکتی تھیں ۔

چوہوں کے گھروں میں تو صفِ ماتم بچھی ہوئی تھی ، اور جاوید میاں کا سارا گھر خوشی سے تالیاں بجا رہا تھا ۔

"وہ مارا ____!" جاوید کے آبا اس طرح دہاڑے جیسے انہوں نے چوہوں کا نہیں بلکہ شیروں کا شکار کیا ہو ۔

جاوید کی امی بیزاری اور نفرت سے بولیں "ناک میں دم کر رکھا تھا نامراد

چوہوں نے! "

"اور روز پھینکو ہماری سیاہی!" سلمہ ایک مرے ہوئے چوہے کی لاش پر تھوک کر بولی " تم نے ہماری سیاہی بہائی اور ہم نے تمہارا خون بہایا۔ بڑا اچھا ہوا ''

اور جاوید نے ایک مرے ہوئے چوہے کی دم پکڑ کر اُسے زور سے ہوا میں اُچھالتے ہوئے کہا " انڈے بچے والی چیل چلو ''

اور ایک چیل آئی اور اُسے جھپٹ کر لے گئی ۔ جاوید مارے خوشی کے تالیاں بجانے لگا ۔

اور پھر اس گھر کی اس کامیابی کے بعد اور دوسرے گھروں میں بھی چوہوں کے خلاف یہی مہم شروع کر دی گئی ۔ اور لوگوں کو بھی یہ ترکیب انہیں گھر والوں نے بتائی تھی ۔

بلیاں چوہے کھا کما کر موٹی ہوتی رہیں ۔ میاؤں میاؤں کرتی رہیں ۔ دم ہلاتی رہیں اور مٹھی پھلاتی رہیں ۔ ہر گھر میں روز نئے نئے چوہے دان

آتے رہے ۔ پھانسیاں لٹکتی رہیں ۔ اور قیامت ڈھائی جاتی رہی اور چوہوں کی دنیا میں زلزلے آتے رہے ۔

"ہم انسانوں سے بدلے کر رہیں گے" ایک نوجوان چوہا زور سے چینخا ۔

"اگر یہی حالت رہی تو ظالم انسانوں کی یہ قوم ہماری نسل تک مٹا دے گی" ایک بوڑھا چوہا بڑے دُکھ کے ساتھ بولا ۔

"بھلا سوچو تو سہی ہم مجبوروں نے اور بے زبانوں نے اِن انسانوں کا کیا بگاڑا ہے"

"آدم کی اولاد تو پیدا ہی ہوئی ہے ظلم ڈھانے کے لئے" ایک بوڑے چوہے نے کھانس کر کہا ۔

"جب سے دُنیا بنی ہے ، آدم کی اولاد نے اس زمین پر خون بہانے کے سوا اور کیا ہی کیا ہے"

”ہم آدم کی اس اولاد کو ضرور مزا چکھائیں گے“ ایک نوجوان چوہے نے دانت پیس کر کہا۔

”اگر ہم خون کا بدلہ خون سے نہ لیں تو ہم چوہوں کی نہیں گیدڑوں کی اولاد ہیں“

”ہم اس ظالم انسان کی بوٹی بوٹی چیل کووؑں کو کھلا دیں گے“ ایک اور نوجوان چوہے نے گلا پھاڑ کر چلاتے ہوئے کہا اور اُس نے جوش میں آکر اپنی دم کو اپنے دانتوں تلے اس طرح دبایا کہ اس کی دم لہو لہاں ہو گئی اور وہ درد کی شدت سے تڑپ اُٹھا۔

”اینٹ کا جواب پتھر سے دینا چاہیئے“

”ظالم نے ہماری روح قبض کرنے کے لیئے بلی بھیج دی ہے“ ایک اور بولا۔

”کم بخت بلی کی میاؤں، میاؤں سے تو اپنا سارا خون اپنی رگوں میں جم کے رہ جاتا ہے“

ایک چوہا اتنے زور سے اُچھلا کہ دھڑام سے چاروں خانے چت گر پڑا۔

مگر پھر فوراً ہی اُٹھ کر اُس نے اپنی دُم ہوا میں ہلاتے ہوئے کہا ''ہم خالہ بلّی کی گردن میں گھنٹی باندھیں گے، اور اس سے یہ فائدہ ہوگا کہ ہمیں اس کے آنے کی خبر ہو جایا کرے گی اور ہم اپنے آپ کو محفوظ جگہوں پر چھپا لیا کریں گے''

''اوہ ـــــ!'' ایک بوڑھا چوہا کھانس کر بولا۔

''شاباش! بڑے عقل مند ہو ا!'' وہ مسکرایا ـــ ذرا یہ تو بتاؤ کہ بلّی کی گردن میں گھنٹی کون باندھے گا ۔ تم یا میں ؟''

اور جواب میں نوجوان چوہا گھبراتے ہوئے انداز میں ہکلاتے ہوئے بولا۔ ''آپ بلّی کی گردن میں گھنٹی باندھیں گے ۔میں ۔ ۔ ۔ ۔ میں ۔ ۔ ۔ ۔ نہیں میں ۔ ۔ ۔ ۔ تو ابھی بچّہ ہوں ۔ اور آپ نے دنیا دیکھی ہے ۔ اور میں آپ کا یہ حق آپ سے چھیننا کبھی نہیں چاہوں گا'' وہ اپنے ہاتھے سے اپنی دُم کے ذریعے پسینہ پو چھ رہا تھا ''ہم ایک کانفرنس کیوں نہ بُلائیں ؟''

ایک دوسرے چوہے نے رائے دی ۔

"کانفرنس سے بڑا فائدہ ہوگا اور ہم کسی خاص نتیجے پر پہنچ سکیں گے"

"کانفرنس ___! یہ کیا بلا ہوتی ہے" ایک نوجوان چوہے نے پوچھا۔

"یہ کانفرنس ایک بہت بڑا جانور ہوتا ہے" ایک کم سن چوہے نے زور زور سے تالیاں بجاتے ہوئے کہا۔

"یہ اتنا بڑا جانور ہوتا ہے ۔ یہ ایک ساتھ کئی بلیوں کو زندہ نگل لے گا"

"بے وقوف ___!"

اور اس پر ٹوٹے زور کا قہقہہ بلند ہوا ۔ اور سارے چوہے بہت دیر تک ہنستے رہے ۔ آخر اسی ہنسی کے طوفان میں ایک آواز گونجی ۔

"بھائیو اور دوستو! یہ وقت قہقہے لگانے کا نہیں بلکہ کچھ سوچنے اور سمجھنے کا ہے ۔ ہمیں جلد سے جلد کوئی ترکیب سوچنی پڑے گی ۔ ورنہ پھر ہماری حالت پر کوئی ایک آنسو بہانے والا بھی نہ ملے گا"

"بے شک بے شک ۔!" "کئی آوازیں ایک ساتھ گونجیں ۔

"ہمیں کیا کرنا چاہئے ۔؟"

اور جواب میں وہ کم سن چوہا ایک دم بول پڑا یہ آپ کو پہلے یہ بتانا چاہئے یہ کانفرنس کس جانور کا نام ہے؟"

دراصل وہ کانفرنس کے بارے میں جاننے کے لئے بے چین تھا۔ اور یہ اس لئے بھی تھا کہ اس نے آج تک اس نام کے کسی جانور کا نام نہیں سُنا تھا۔ اور اس چوہے کی بے وقوفی پر ایک بوڑھے چوہے نے اس کے سر پر اپنی دُم دے مارتے ہوئے کہا یہ ابے اَوّ! کانفرنس کوئی جانور وانور نہیں ہوتا بلکہ کانفرنس اُسس کو کہتے ہیں جہاں بہت سے لوگ بیٹھ کر صلاح مشورہ کریں اور اپنے فائدے کی باتیں سوچیں اور طے کریں ۔ ۔ ۔ ۔"

"اچھا اچھا ۔ ا" وہ نوجوان چوہا جھینپ کر جلدی سے بولا۔

"پھر تو ضرور ایک بڑی کانفرنس بُلانی چاہئے"

"اس کے بغیر اور کوئی چارہ نہیں ہے" ایک اور آواز آئی ۔

"انسانوں کے ظلم و ستم کے خلاف تو کچھ کرنا ہی ہو گا۔"

اور پھر بہت سی آوازیں ایک ساتھ گڈ مڈ ہوگئیں ۔ ہر چوہا کانفرنس بلانے کی رائے پر متفق تھا ۔اور آخر یہ طے پایا کہ کانفرنس ضرور بلائی جائے گی ۔ جاوید میاں کے گھر کے چوہوں نے گلی گلی محلہ محلہ اور گھر گھر جاکر شہر کے تمام چوہوں کو اس کانفرنس کی دعوت دی ۔اور اُنہیں سمجھایا ۔ کانفرنس اتنی کیوں ضروری ہے ۔ اور تمام چوہے اس کانفرنس کے لئے تیار ہوگئے ۔ اس لئے کہ اُن سب کے مسئلے بھی جاوید میاں کے گھر کے چوہوں کے ہی جیسے تھے ۔انہیں بھی انسانوں سے شکایت تھی ۔ اور وہ بھی انسانوں کے ظلم و ستم کا شکار تھے ۔ لہذا ایک بہت بڑی کانفرنس کی جگہ اور وقت کا فیصلہ ہوگیا ۔

”ہم انسانوں کی بوٹی بوٹی چبا ڈالیں گے ‘‘ مائیک کے سامنے ایک موٹا سا چوہا بار بار قلا بازیاں کھا رہا تھا ۔ وہ ایک اور قلا بازی

کھا کر زور سے دہاڑا" اس ظلم کی جگہ ساری دنیا پر ہمارا راج ہوگا"

اور اس پر اتنے زور شور سے تالیاں بجیں کہ پورا ہال گونج اُٹھا ۔ ہر

طرف سے واہ ۔ واہ ۔ سبحان اللہ ۔ اور مبارک سلامت کی

آوازیں سنائی دینے لگیں ۔

"ہم انسانوں کو چوہا بنا کر چھوڑ دیں گے" وہ موٹا چوہا گلا پھاڑ کر پھر

چلایا ۔

مجمع میں سے ایک آواز آئی" اور پھر ہم سب بلی بن جائیں گے"

"خاموش ۔ خاموش ۔ آرڈر ۔ آرڈر" صدارت کرنے والے چوہے

نے میز پر اپنی دم ماری ۔ یہ مذاق کرنے کا وقت نہیں ہے ۔ بلکہ کچھ سوچنے

اور سمجھنے کا وقت ہے ۔ مذاق مت کرو ۔ سنجیدگی سے بات سنو"

اور پھر ہر طرف گہرا سناٹا چھا گیا اور ایک دوسرا چوہا مائیک کے سامنے

آ کر تقریر کرنے لگا ۔

"ہم امن پسند چوہوں کی دنیا میں اس ظالم انسان نے اور ہم

چبا رکھا ہے ۔ بھلا کوئی ظالم انسان سے پوچھے تو کہ اس کا بگاڑا کیا ہے ۔ سوچئے اس کے کہ ہم کبھی کبھی کچی پکی روٹیوں کے ٹکڑے کھا جاتے ہیں ۔ ان کی کتابیں تھوڑی سی چکھ لیتے ہیں ، اور کرتے بھی کیا ہیں کون سا ہم نے انسان کے جگر پر تیر مارا ہے ۔ کون سے ہم نے اس کے بچے یتیم بنائے ہیں ، جو وہ ہماری بربادی پر تلا ہوا ہے ۔" اس نے بڑی بڑی آنکھیں نکالیں اور وہ گلا پھاڑ کر زور سے چلایا " ہم دنیا سے انسانوں کا نام و نشان مٹا دیں گے ـــــــ "

اور اس پر بڑے زور زور سے تالیاں بجنے لگیں ۔ اور پھر انسان مردہ باد ۔ اور انسان ہائے ہائے کے نعرے بلند ہونے لگے ۔

پورے مجمع میں خوشی کی لہر دوڑ گئی اور ہر چوہا اپنی جگہ یہ سمجھنے لگا کہ اس نے دنیا کے تمام انسانوں کو ختم کر دیا ہے ۔

" ہمیں کرنا کیا چاہئے " ایک چوہے نے کھڑے ہو کر کہا ۔

" لمبی چوڑی تقریروں سے نہیں بلکہ ہمیں عمل سے کام لینا ہو گا "

"ہاں، ہاں، یہ بات ٹھیک ہے" بے شمار آوازیں ایک ساتھ ٹکرائیں۔

"انسان جیسے خوفناک درندے کا مقابلہ گالیوں اور کوسنوں سے نہیں بلکہ سوچ اور سمجھ سے کرنا چاہیے" ایک جہاں دیدہ چوہا بولا۔

"اگر صاحبِ صدر کی اجازت ہو تو میں کچھ عرض کردوں"

"ضرور ۔ ضرور" صاحبِ صدر نے اس جہاں دیدہ چوہے کو اسٹیج پر آنے کا اشارہ کرتے ہوئے کہا" ہمیں آپ جیسے تجربہ کار اور سلجھے ہوئے چوہوں کی سخت ضرورت ہے"

اور پھر تالیوں کی گونج کے درمیان وہ بزرگ چوہا اپنی دم ہلاتا ہوا اسٹیج پر پہنچ گیا۔

"صاحبِ صدر! بزرگ ساتھیو اور دوستو" اس نے تقریر شروع کی "آپ نے ابھی یہاں پر بڑی گرماگرم اور جوشیلی تقریریں سنی ہیں ۔ اور آپ نے ان تقریروں کے ایک ایک لفظ پر بغیر سوچے سمجھے تالیاں بھی بجائی ہیں ۔ اور اپنے دل کی بے پناہ خوشی کا اظہار بھی اپنی دموں کو ہلا ہلا کر

کیا ہے" وہ کھاتے ہوئے بولا "مگر کیا آپ نے کبھی یہ سوچنے کی زحمت بھی گوارا فرمائی ہے کہ آپ اپنی بساط سے آگے بڑھ کر انسان جیسے دشمن کا مقابلہ کس طرح کریں گے۔ خالی خولی دُموں کو پھلانے اور اپنی مونچھوں پر تاؤ دینے سے تو کوئی بات بنے گی نہیں۔ آپ تو صرف یہ سُن کر خوش ہو جلتے ہیں کہ ہم انسانوں کا خون بہا دیں گے ۔ہم دنیا سے ان کا نام ونشان مٹا دیں گے ۔ اور یہ سُن کر آپ خوش صرف اس لیے ہو جاتے ہیں کہ آپ کے دلوں میں انسانوں کے خلاف نفرت ہے اور اُس نے آپ کو اتنا سا یا ہے کہ آپ یہ سُن کر ہی خوش ہو جاتے ہیں کہ ہم انسانوں کا نام ونشان دنیا سے مٹا دیں گے ۔ صرف یہ سُن کر ہی آپ ایسا محسوس کرنے لگتے ہیں کہ جیسے آپ نے انسانوں کا نام ونشان مٹا دیا ہے ۔ مگر حقیقت اس سے کوسوں دُور ہے ۔انسان کا دنیا سے نام و نشان مٹانا تو ایک طرف آپ نے تو ابھی یہ کبھی نہیں سوچا کہ ہم اپنی اس جنگِ آزادی کو آگے کس طرح بڑھائیں گے''

"ہیئر ہیئر۔ سچ بات ہے۔ واقعی خوب کہا" کے نعرے بلند ہونے لگے اور انہیں تعریفوں اور نعروں کے درمیان وہ جہاں دیدہ چوہا پھر بولا۔

"تمہیں اس سلسلے میں سب سے پہلے ایک کام کرنا ہوگا"

اور قبل اس کے کہ وہ اپنی تقریر جاری رکھ کر یہ بتائے کہ وہ کام کیا ہے۔ چوہوں نے ہر طرف سے چیخنا اور چلانا شروع کر دیا۔

"وہ کام کیا ہے۔ خدارا ہمیں جلدی بتلائیے۔ ہم ہر کام کرنے کو تیار ہیں"

اور وہ ان چوہوں کی جلد بازی اور بے تابی دیکھ کر وہ جہاں دیدہ چوہا مسکرایا اور بولا۔

"آپ لوگوں میں سے کون ایسا چوہا ہے جو اپنے آپ کو بلی کی گردن میں گھنٹی باندھنے کے لئے پیش کر سکے"

"یہ سنتا ہی کہ پورے مجمع میں سناٹا چھا گیا۔ ایسا معلوم ہو رہا تھا کہ ان تم چوہوں کو جیسے سانپ سونگھ گیا ہو۔ مکمل خاموشی چھائی ہوئی تھی کہ ایک شورخ قسم کے نوجوان چوہے نے کئی دوسرے چوہوں کے پیچھے اپنے آپ

کو چپاتے ہوئے بہ آوازِ بلند کہا۔

"میں بلّی کی دم میں دھاگا باندھ سکتا ہوں؟"

اور اس پر پورا مجمع ہنسنے لگا۔

"ذرا اپنی صورت دکھائیے بندہ نواز" تقریر کرنے والے چوہے نے ادھر اُدھر دیکھ کر کہا

"بلّی کی دم میں دھاگا باندھنے والے منہ چھپا کر یہ دعویٰ نہیں کیا کرتے؟"

اور اس پر ایک اور قہقہہ پڑا۔

"آرڈر۔۔۔۔۔آرڈر" صدر نے کئی بار اپنی لمبی دم زمین پر ٹیکی۔

"یہ وقت مذاق کا نہیں کام کا ہے " وہ بُرا مان گیا۔

"ماتم کے وقت تم ہنستے ہو۔ اور ہم کو تمہاری اس ہنسی پر تمہاری ہونے والی حالت کا خیال کر کے رونا آرہا ہے" اور یہ سن کر مجمع میں سناٹا چھا گیا۔

"میرا خیال ہے کہ انسانوں کے ساتھ جنگ کرنے کے لیے ہمیں ایک درلڈ کانفرنس بُلانی ہوگی۔ مقرر چوہا بولا" اور ہم جبھی ہم کسی خاص نتیجے

پر پہنچ سکیں گے ۔ "

" دَر لڈو کانفرنس ۔۔۔۔ ! " کئی آوازیں ایک ساتھ اُٹھیں ۔

" خاک ہو جائیں گے ہم اُن کو خبر ہونے تک ۔ "

ایک من چلے چوہے نے کئی بار قلابازی کھا کھا کر یہ مصرعہ دہرایا ۔

" سچ تو ہے ، جب تک دنیا بھر کے چوہوں کی کانفرنس ہوگی ۔ ہم اس ملک سے نیست و نابود ہو چکے ہوں گے ۔ "

" پھر کیا کرنا چاہئے " ایک اور چوہا بولا ۔

" یعنی جب تک کہ کانفرنس بلائی جائے ہم رہیں کہاں اور کھائیں کیا ۔

" شہر چھوڑ دو ۔ ! " صاحبِ صدر نے مشورہ دیا ۔

" جب تک کانفرنس نہ شروع ہو لے اور کوئی معقول رائے سامنے نہ آ جائے اس وقت تک کے لیے ہم لوگ شہر چھوڑ کر جنگل میں رہیں گے ۔

" بڑا اچھا خیال ہے " سیکڑوں آوازیں ایک ساتھ سنائی دینے لگیں ۔

" یہ رائے معقول ہے "

اور چونکہ واقعی یہ رائے معقول تھی اور اچھی تھی لہذا اُسے سب نے پسند کرتے ہوئے فوری طور پر عمل کا وعدہ کیا اور شہر چھوڑ کر جلنے شروع ہو گئے۔

شہر کے ہزاروں، لاکھوں چوہے شہر چھوڑ چھوڑ کر اپنی بیوی اور اپنے بچوں سمیت جنگل میں جا جا کر آباد تو کیا ہوئے البتہ ادارہ ضرور پھرنے لگے۔ اور اب گویا جنگل میں یہ مخلوق منگل منا رہی تھی۔

کھیت اور گاؤں کے موٹے موٹے اور بڑے بڑے چوہوں نے شہر کے ان چوہوں کی بڑی خاطر مدارات کی۔ اور یہ اس لئے کہ گاؤں شہر کے مقابلے میں ہمیشہ سادہ لوح اور مہمان نواز ہوتا ہے۔

جنگلوں میں رہ کر ورلڈ کانفرنس کی تیاریاں ہونے لگیں۔ دعوتی کارڈ اور رقعے دور دور ہر ملک میں بھیجے جانے لگے۔

آج کانفرنس کا دوسرا دن تھا۔ اور تقریباً تمام ملکوں کے

نمائندہ چوہوں نے اس کانفرنس میں شرکت کی تھی ۔ ایک چھپنی چوہا بڑی زور شور کے ساتھ تقریر کر رہا تھا ۔

"جنابِ صدر اور دوستو ۔ ہم سب کے مسئلے بالکل ایک جیسے ہیں اور ہم سب کی تکلیفیں وہی ہیں جو ہم میں سے کسی ایک کی بھی ہو سکتی ہیں ۔ ہم انسانوں سے اعلیٰ ہیں ۔ اور یہ اس لئے کہ ہم انسانوں کی طرح ایک دوسرے سے آج تک کبھی نہیں لڑے ۔ کسی ملک کے چوہوں نے کسی دوسرے ملک کے چوہوں کو غلام بنانے کی کوشش کبھی نہیں کی ۔ اور پھر یہ دیکھئے کہ میں جس زبان میں تقریر کر رہا ہوں ، وہ اکیلی میری ہی زبان نہیں ہے ، بلکہ آپ سب کی زبان ہے ۔ ہماری زبانیں ایک ہیں ۔ ہمارے رہن سہن کا طریقہ ایک ہے ۔ اور ہماری صورتیں ایک ہیں ۔ یہ بات اور ہے کہ ہمارے امریکی اور یورپی بھائیوں کے رنگ میں ذرا سا فرق ہے ۔ یعنی یہ کہ ہمارا رنگ میلا ہے اور ان کا سفید ہے ۔ مگر دراصل رنگوں سے کچھ نہیں ہوتا ہمارے دل تو بالکل ایک جیسے ہیں ۔ ہماری صورتیں ایک ہیں ، ہماری تہذیب

ایک ہے ۔ انسانوں کی طرح ہم سیکڑوں زبانیں الگ الگ نہیں بولتے لہذا اس سے یہ بات ثابت ہوتی ہے کہ ہم چوہے انسانوں کے مقابلے میں زیادہ متحد اور ایک ہیں اور ہماری ذات اُن سے اعلیٰ ہے ۔ اور ہم اُن سے زیادہ قابلِ قدر ہیں"

اور وہ اسی طرح بولتا رہا ۔ اس کے بعد سلامبو چوہا کھڑا ہوا ۔ یہ انگلستانی چوہا تھا ۔ اس نے کہا ۔

"انسانوں نے اب ہمیں ہر طرح سے ستانا شروع کر دیا ہے ۔ مکانات وہ سیمنٹ، کنکریٹ اور پتھر کے بناتا ہے اور اسی وجہ سے وہاں تک ہمارا گزر اور شکل ہو گیا ہے ۔ کھانے پینے کی چیزیں وہ ریفریجریٹرس میں رکھنے لگا ہے اور ہمارے لئے جگہ جگہ اس نے تباہیاں جمع کر رکھی ہیں ۔ ہمارے لئے گلی کے نار لگاتا ہے ۔ زہریلی گولیاں بنا کر اِدھر اُدھر بکھیر دیتا ہے ۔ اور ہر کونے میں اس نے ہمارے لئے پھانسیاں گاڑ رکھی ہیں ۔ وہ ہمارے لئے پنیر پاکیٹ اور کیک میں زہر ملانے لگا ہے"

”ہم انسانوں سے اس کی اس کمینگی کا بدلہ ضرور لیں گے“ جرمنی کا چوہا
مارے غصے کے اپنی دُم پر کھڑا ہو گیا۔

”ہم ساری دُنیا کے چوہے ایک ہو کر ۔ انسان سے اپنے مطالبات
منوا سکتے ہیں“ یہ روس کا چوہا تھا۔

”ہم انسان کی عقل ٹھکانے لگا دیں گے“ ایک پاکستانی چوہے نے جوش
میں کہا۔

”ہم انسانوں کا جینا حرام کر دیں گے“ امریکی چوہا یہ کہتے کہتے کئی قلابازیاں
کھا گیا۔

”ہم انسانوں سے کیوں نہ اپنے ملک میں چوہستان کا مطالبہ کریں ۔ اس
کے بعد ہم چوہوں کی الگ حکومت ہوگی“ یہ پاکستانی چوہے کی تجویز تھی۔

”مگر انسانوں سے بالکل علیٰحدہ رہ کر ہم جی بھی تو نہیں سکتے“ فرانسیسی چوہے
نے کہا۔

”ہم کمائیں گے کیا“

"یہ تو ٹھیک ہے" اٹیلین چوہا بولا۔

"ہماری زندگی کا دارومدار بھی تو انسانوں ہی کی کمائی پر ہے"

"پھر" جاپانی چوہا بولا۔

"بات بنے تو کیسے۔؟"

"انسان ہمارے ساتھ صلح کی بات چیت کبھی نہ کرے گا" ہندوستانی چوہے نے نفرت کے ساتھ یہ بات کہی۔

"ہم تو اسی طرح چُرا کر اور لوٹ کھسوٹ کر اپنا گزارہ چلا سکتے ہیں"

"پھر تو یہ ترکیب سوچنی چاہیے کہ ہم انسانوں کی اِن خوفناک چالوں کا توڑ کس طرح کریں" فن لینڈ کے چوہے کی اس بات پر سبھی ملکوں کے چوہے سوچنے لگے۔

"ایک ترکیب سمجھ میں آتی ہے" امریکی چوہا بولا۔

"وہ کیا؟" کئی ملکوں کے چوہے ایک ساتھ بول پڑے۔

"ہم کھانے پینے کی اُن چیزوں پر کبھی نہ جھپٹیں جو ہمارے پھانسنے اور

مارنے کے لئے رکھی جاتی ہیں "

"یہ تم اس لئے کہہ رہے ہو کہ تمہارے یہاں تو گیہوں کی افراط ہے اور وہ سٹرا اور جلا دیا جاتا ہے " ہندوستانی چوہا بولا۔

"مگر اور جگہ یہ بات اس لئے مشکل ہے کہ وہاں گیہوں نہ تو اتنا فالتو ہوتا ہے اور نہ زیادہ ہونے پر برباد کیا جاتا ہے "

"ہم چوہے ایک کام کیوں نہ کریں " پاکستانی چوہا بولا۔

"وہ کیا ؟" پھر کئی ملکوں کے چوہے اس کے قریب جھپٹ پڑے۔

"ہم ایک لکڑی کے ذریعے پہلے اس پھانسی کو اُچھال دیا کریں جس میں کھانے کی چیز لگی رہتی ہے، اور جب وہ خطرہ نکل جائے جس سے ہماری گردنیں پھنس جاتی ہیں، تو پھر ہم آسانی کے ساتھ کھا پی لیں "

یہ رائے چوہوں کو معقول تھی۔ لہٰذا اُسے مان لیا گیا، اور اس پر تمام ملکوں کے چوہوں نے پاکستانی چوہے کی بڑی تعریفیں کی ، اور صاحب صدر نے خوش ہوکر اُسے اپنے پاس ڈائس پر بیٹھنے کو کہا۔

"مگر ہمیں ایک خیال اور رکھنا ہوگا" پاکستانی چوہا ڈاکس پر پہنچ کر بولا۔

"وہ کیا؟" کئی آوازیں ایک ساتھ سنائی دیں۔

"ہمیں بھی یہ چاہیے کہ ہم انسانوں کا بے جا نقصان نہ کریں"

"مثلاً!"

"مثلاً یہ کہ ہم انسانوں کی کتابیں نہ کتریں۔ ان کے کپڑوں کا ستیاناس نہ ماریں۔ اور جگہ جگہ اس کے مکان میں خواہ مخواہ کی تباہی نہ پھیلاتے پھریں اور یہ کہ ———"

"بکواس بند کرو" چوہے خفا ہو گئے۔

"تم اول درجے کے گدھے ہو۔ اگر ہم جا دبے جا کرتے نہ پھریں گے تو ہمارے دانتوں کو زنگ لگ جائے گا اور ہمارے بچے کترنے کی مشق بھول جائیں گے"

"یہ تو گدھا ہے" امریکی چوہا بولا" یہ تو کل ہمیں یہ مشورہ دے گا ، کہ ہم انسان بن جائیں ۔ یہ تو کل ہمیں انسان بنا کر چھوڑ دے گا"

اور اس پر اتنے دے ہوئی کہ تمام ملکوں کے چوہوں نے ہر طرف سے شیم شیم کے نعرے لگانے شروع کردئے ۔ اور مجبور ہوکر پاکستانی چوہے کو اپنی ایک ٹانگ پر کھڑے ہوکر معافی مانگنی پڑی ۔ اور صاحبِ صدر نے اُسے دھکے مارکر ڈائس سے نیچے اُتار دیا ۔

" تم اس اعزاز کے لائق نہیں ہو "

" اور بلی سے بچنے کے لئے ہمیں کتوں سے دوستی کرنی ہوگی " ولائتی چوہا بولا یہ کتّا وفادار جانور ہے ، بڑا دوست نواز ہوتا ہے اور یہ کہ بلی کی اُس کی صورت دیکھ کر نانی مر جاتی ہے "

اور ابھی اس کا یہ جملہ مشکل سے پورا ہی ہوا تھا کہ آٹھ دس جگلی بلیوں نے اس کانفرنس پر ہلہ بول دیا ۔ اور بڑی افراتفری کے عالم میں چوہے بھاگنے لگے ۔ سیکڑوں مارے گئے اور ہزاروں کو بلوں میں پناہ لینی پڑی ۔ جہاں وہ بہت سے سانپوں کا نوالہ بن گئے ۔

اور چوہوں کی یہ کانفرنس بغیر کسی خاص مقصد اور فیصلے کے ختم

ہوگئی ۔ باہر کے آئے ہوئے (ڈیلی گیٹ) چوہے اپنے وطن سے گود دیارِ غیر میں کام آگئے ۔

میدانوں میں ان کی مردہ اور نیم مردہ لاشیں پڑی رہیں اور دیکھتے ہی دیکھتے آسمان پر چیل ، کوؤں اور گِدھوں کے غول کے غول منڈلانے لگے ۔ اگر اتنی بڑی کانفرنس نہ ہوتی تو اتنی بڑی دعوت کا انتظام اِن پرندوں کے لئے کیسے ہوتا ۔ دہ دعوت اُڑاتے جا رہے تھے۔اور دعائیں کرتے جا رہے تھے کہ خدا کرے ایسی ایسی عظیم الشان کانفرنسیں روز ہوا کریں ۔

ولائتی چوہوں کا گوشت اُنہیں خاص طور پر بے حد پسند آیا تھا۔

بچّوں کی حکومت

اسلم میاں شہر کے بہت بڑے کروڑ پتی تھے اور ان کو خدا نے ایک چاند سی بچّی دی تھی اور اسی بچّی کی پیدائش کی خوشی میں اُنہوں نے ایک بہت بڑی دعوت کا انتظام کیا تھا۔ شہر بھر کے بڑے بڑے لوگ، لوگ لکھ پتی، کروڑ پتی، امیر اور غریب سبھی اس دعوت میں اپنے بیوی بچّوں سمیت شریک تھے۔ باہر سے بھی ان کے عزیز اور دوست احباب اپنے خاندان سمیت موجود تھے۔ ہندو، مسلمان، سکھ، عیسائی، پارسی، دوست بھی تھے اور انگریز دوست بھی۔ امریکن بھی اور روسی بھی۔ چینی، جاپانی، پاکستان انڈونیشیا، ملایا، ویٹ نام غرض کہ ہر ملک کی امبیسیز کے لوگ اس دعوت

میں شریک تھے ۔وہ تھے اور ان کے بیوی بچے بھی تھے ۔

رات کے پچھلے پہر گپو میاں کی جو آنکھ کھلی تو اُن کے دل میں یہ آئی کہ کیوں نہ بچوں کی ایک کانفرنس منعقد کی جائے ۔ لہذا وہ رینگ کر اپنے بستر سے نیچے گر پڑے اور رو ئے بالکل نہیں ۔ گھٹنوں کے بل چل کر اور دوسرے بچوں کے بستروں پر پہنچے اور سب کو اُٹھا اُٹھا کر لائے ۔ اور کوٹھی کے بڑے ہال میں انہوں نے لا کر سب کو ایک جگہ اکھٹا کر دیا ۔ رُوں ، رُوں ۔ ایک بچہ اپنے ننھے ننھے ہاتھوں سے اپنی آنکھیں ملتے ہوئے بولا "مجھے تو سردی لگ رہی ہے "

"بدھو ہو تم "گپو میاں نے اُسے ڈانٹا "ایسا موقع بار بار کب ملتا ہے ۔ آج یہاں تقریباً ساری دنیا کے بچے جمع ہیں ۔ ہم اپنے مسائل کیوں نہ حل کر لیں "

"بیشک بیشک "کئی آوازیں ایک ساتھ بلند ہوئیں اور پھر جلسہ کی کاروائی شروع ہو گئی ۔ سب سے پہلے سب بچوں نے مل کر اپنا قومی ترانہ بڑے زور شور کے ساتھ گایا ۔ یعنی یہ کہ وہ سب مل کر رونے لگے ۔اور پھر ایک

روسی بچہ بڑے مدبرانہ انداز میں بولا۔

"ساتھیو! کون کہتا ہے کہ ہم ایک نہیں ہیں" وہ ٹھہر کر بولا "دیکھا آپ نے ہماری زبان ایک ہے۔ اس سے کیا ہوا اگر ہمارے بزرگوں کی زبانیں الگ الگ ہیں۔ سارے دنیا کے بچوں کا قومی ترانہ یعنی یہ کہ رونا ایک ہے غوں غوں اور غاں، غاں ہمارا ایک ہے۔ اور ہماری مسکراہٹیں ایک ہیں۔

"بیشک، بیشک" امریکی بچہ بڑے فخر کے ساتھ بولا۔

"کیا دنیا کے کسی بچے کی مٹھیاں کھلی رہتی ہیں"

"ہرگز نہیں" پاکستانی بچی نے اپنی بند مٹھی اوپر اٹھائی "یہ دیکھو میری بھی مٹھی بند ہے۔ اور اسلم چاچا کی بچی کی بھی جو کہ ابھی صرف چھ دن کی بے مٹھی بند ہے"

"ہاں، ہاں۔ ہم نے دیکھا ہے" سب بچے ایک ساتھ بولے۔

"مگر اسلم چاچا کی بچی اس ہمارے جلسے میں شریک کیوں نہیں ہوئی" کئی بچے ایک ساتھ بول پڑے۔

"بھئی وہ ابھی بہت چھوٹی ہے " گپّو میاں بولے " اگر وہ غریب بستر پر سے لڑھک بھی جاتی تو گھٹنوں چل کر وہ یہاں تک کیسے آسکتی تھی ۔ لہذا اسے معاف کردو "

"اچھا صاحب معاف کردو "

اور پھر سب بچوں نے مل کر اپنے اپنے انگوٹھے چوسنے شروع کر دئیے ۔اور ان کے اس انہماک کو دیکھ کر ایک چینی بچہ بولا "بھائیو اور بہنو تم لوگ انگوٹھا ہی چوستے رہو گے یا بات کام کی بھی ہو گی "

اور اس پر سب بچوں نے انگوٹھا چوسنا یک لخت بند کردیا ۔

"اور یہ بچے ہم سے دُور دُور کیوں ہیں " ایک روسی بچے نے کچھ بچوں کو دیکھ کر سوال کیا جو کہ ہال کے کونے میں سہمے سہمے ہوئے بیٹھے تھے ۔

"آپ لوگ مالکوں کے بچے ہیں اور ہم لوگ ملازموں اور آیاؤں کے بچے ہیں"

"تم لوگ پرلے سرے کے بے وقوف ہو" ہندوستانی بچہ بولا ۔

"کیا تم لوگ ہم لوگوں کی طرح انگوٹھا نہیں چوس رہے تھے اور کیا ہمارے

قومی ترانے کے گانے میں تم نے آواز نہیں ملائی تھی ''

'' مگر ہمارے کپڑے گندے ہیں اور ہمارے پاس چڈیاں بھی نہیں ہیں۔ ہم ننگے ہیں''

'' مگر ہمارے ملک میں تو کوئی بچہ ننگا نہیں رہتا اور نہ کسی کے کپڑے گندے رہتے ہیں'' روسی بچہ بڑے تعجب سے بولا '' پھر یہاں ایسا کیوں ہے ''

'' اس لئے کہ اور ملکوں میں ابھی تک انسانیت سے نہیں بلکہ دولت سے پیار زیادہ ہوتا ہے '' امریکی بچہ بولا۔

'' اور ہمیں اس پر بڑی شرم آتی ہے '' انگریز بچہ لبسورنے لگا۔

'' اچھا ، اچھا۔ آپ لبسورئے مت '' ایک موٹی تازی پاکستانی بچی بولی

'' جھک ماننے دیجئے ہمارے بزرگوں کو جب ہمارا زمانہ آئے گا تو ہم مل جل کر سب ٹھیک کر لیں گے ''

'' مگر زمانہ تو جب آئے گا تب آئے گا ۔ ہمیں فکر تو اس وقت یہ ہو رہی ہے کہ ہمارے کچھ دوست ان میلے کپڑوں میں کیوں ہیں ۔ اور چڈیاں اُن کے پاس کیوں نہیں ہیں '' چینی بچہ بولا۔

"ہمیں اس اہم اور ضروری مسئلہ پر فوراً سوچ بچار کرنا چاہیے۔" سب بچے ایک ساتھ مل کر چیخے۔

"ارے بابا ذرا آہستہ بولو۔" گپو میاں جھنجھلائے "اگر گھر والوں کی آنکھ کھل گئی تو غضب ہو جائے گا۔ ہم سب اُٹھا اُٹھا کر اپنے اپنے بستروں پر ڈال دیے جائیں گے۔ پھر ہماری خاص دوست بے، بی ٹِنٹو کی تقریر دھری کی دھری رہ جائے گی، جو وہ کرنے والی ہیں۔"

"اچھا بھئی، اب ہم شور نہ مچائیں گے۔" کئی آوازیں آئیں۔

"گمران ساتھیوں کی چڈیوں کا مسئلہ ۔۔۔۔۔۔۔" ایک روسی بچہ بولا۔

"مصیبت تو یہ ہے کہ میں اپنی چڈی اپنے آپ اُتار نہیں سکتا۔ ورنہ ۔۔۔۔۔۔۔"

"خاموش، خاموش" گپو میاں چلّائے "اب بے، بی ٹِنٹو آپ کے سامنے ایک تقریر کریں گی۔ بے۔ بی۔ ٹِنٹو۔"

اور بے، بی ٹِنٹو نے تقریر شروع کی۔

ساتھیو اور دوستو، کیا آپ لوگوں نے کبھی اس بات پر غور کیا ہے کہ ہمارے

ذاتی مسائل کتنے اُلجھے ہوئے ہیں ۔ ہم لوگ اپنے بزرگوں کے پیار سے کتنے تنگ آئے ہوئے ہیں ۔ جسے دیکھئے ہمارے لئے مصیبت بنا ہوا ہے چوم چوم کر اور چاٹ چاٹ کر یہ لوگ ہمارا ناطقہ بند کر دیتے ہیں۔ اُچھالتے ہیں ۔ اتنا اُچھالتے ہیں کہ ہمیں ہم خود اپنی زندگی سے عاجز آ جاتے ہیں ۔ دبوچ دبوچ کر یہ لوگ ہماری جان نکال لیتے ہیں ۔ اگر ان کا بس چلے تو یہ ہمیں زندہ اور کچا چبا جائیں ۔

بیشک ، بیشک ۔ ہر طرف سے آواز آئی ، بے ، بی ٹِٹو اور جوش میں بولیں ''ہماری آئندہ زندگی کا مسئلہ بھی بڑا اہم ہے ۔ دیکھئے اس وقت ہماری زبان ایک ہے ، ہمارے احساسات ایک ہیں اور ہماری خوراک ایک ہے ۔ مگر یہ ہمارے بزرگ جن کی نہ تو زبان ایک ہے اور نہ جن کے خیالات ایک ہیں ۔ اور نہ جن ہیں ایکا ہے ۔ دنیا کے لئے کیسے عذاب جان بنے ہوئے ہیں ۔ خود بھی آپ نے دیکھ لیا کہ ہمارے کتنے ہی بھائیوں اور بہنوں کے پاس چُھڑیاں بھی نہیں ہیں ۔ اور یہ کتنی بری بات ہے ۔ ہمیں یہ عہد کرنا

چاہیئے کہ ہم بڑے ہوکر ایسا نہ کریں گے ۔ ہمارے زمانے میں ہر ایک کے پاس چڈی ہوگی ۔ اور ہر ایک کو پیٹ بھر کر دودھ پینے کو ملے گا" ٹنو جوش میں بولی "عہد کیجیئے کہ ہم بچے ایک ایک ہیں ۔ اور ہماری آنے والی نسلیں بھی ایک ہوں گی ۔ اور ہمارے وقتوں کے بچے بھی ایک جیسا کھائیں گے، پئیں گے اور ایک طرح کے کھلونوں سے کھیلیں گے ۔ یہ نہ ہوگا کہ ایک بچہ تو سیکڑوں کے کھلونوں سے کھیل رہا ہے اور ایک کے پاس ایک معمولی سی پھٹی گڑیا بھی نہیں ہے ۔ جیسا کہ اس دور میں ہو رہا ہے ۔ کتنی بری اور شرم کی یہ بات ہے"

اور پھر جب بے، بی ٹنو نے تقریر ختم کی تو ایک یورپین بچہ بولا ۔

"سنا ہے کہ ۱۹۴ میں پاکستان اور ہندوستان میں بڑا ہنگامہ ہوا تھا"

"یہ ہمارے بزرگوں کی بدحواسی تھی" سکھ بچہ بولا ۔

"نہیں صاحب یہ ہمارے بزرگوں کا کمینہ پن تھا۔ ایک پاکستانی بچہ منمناتی سی بیچ کر بولا ۔

"خیر یہی کیا کم ہے کہ تم لوگ اپنے بزرگوں کی اس درندگی پر شرما رہے ہو"
روسی بچہ بولا "مگر اس مسئلہ پر ہم کیا کہیں جو آج کل ہمارے بزرگ انتم اور ہائی ڈروجن بموں کا تجربہ بڑے بڑے شان کے ساتھ فرما رہے ہیں"

"اس کی ایک ترکیب ہے" امریکی بچہ بولا۔

"وہ کیا" روسی اور انگریز بچے ایک ساتھ بولے۔

"جب ان بموں کا تجربہ ہو تو ہم تمام دنیا کے بچے ایک ساتھ دودھ پینا چھوڑ دیں۔ اور اتنا رو ئیں اتنا روئیں کہ ہمارے بزرگوں کے سارے ناپاک ارادے ہمارے آنسوؤں میں ڈوب جائیں"

"یہ اچھی ترکیب ہے" روسی بچہ بولا "جب ہم دو ایک بار ایسا کریں گے تو انہیں ہمارے اس خاموش احتجاج کا احساس ضرور ہوگا۔ اور پھر یہ بکواس بند ہو جائے گی"

"اچھا بابا اب سیاست کا پیچھا چھوڑو" ایک بچہ بولا "اور کوئی دوسری بات کرو"

"دوسری بات یہ ہے کہ مجھے بھوک لگی ہے" چینی بچہ بولا ۔

"بھئی بھوک تو مجھے بھی لگی ہے" ایک بچہ زور سے بولا ۔ اور بڑے زور شور کے ساتھ رونے لگا ۔ دوسروں نے بھی ان کا ساتھ دیا ۔ اور پھر سارے گھر کی آنکھ کھل گئی ۔ اور وہ سب کے سب اس ہال کی طرف دوڑ پڑے ۔

اور پھر صبح نور کے تڑکے جب ان سب کی آنکھ کھلی تو انہوں نے دیکھا کہ کوٹھی کے سارے نوکر اور ساری آیائیں اس ہال کے فرش کو پانی بہا بہا کر دھو رہی ہیں ۔

رات کی میٹنگ کی گلکاریوں سے سارا فرش بھرا پڑا تھا ۔